Mandie Davis

'Merci à Papi Bob et Didi pour leur accueil chez eux en Bourgogne ayant inspiré cette histoire.'

illustré par

Marigold Plunkett

Reprinted (Version 2) January 2019
First published by Les Puces Ltd in 2016
ISBN 978-0-9931569-9-1

www.lespuces.co.uk

Egalement disponible chez Les Puces

Consultez notre boutique en ligne sur www.lespuces.co.uk

Le Printemps

Mandie Davis

Marigold Plunkett

Regarde Leo ! C'est la maison de Papi et Mamie en France !

« On a hâte que le lapin de Pâques arrive, comme ça on pourra faire la chasse aux œufs..... mais y a-t-il un lapin de Pâques en France ? »

Parfois ce sont les cloches de Pâques qui livrent le chocolat. Les cloches de l'église sont silencieuses en ce moment mais elles sonneront quand elles reviendront !

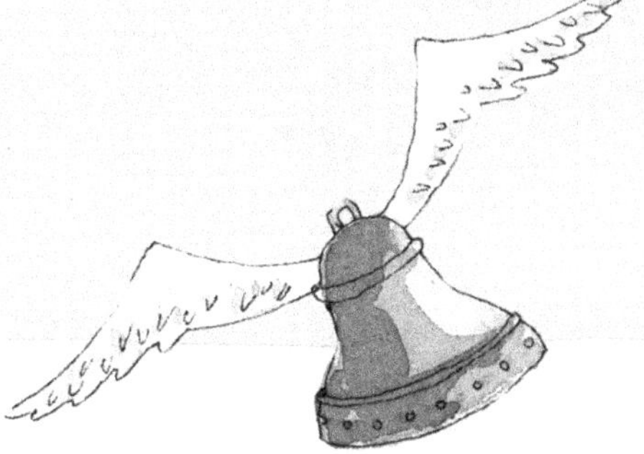

« On doit attendre longtemps jusqu'à ce qu'elles arrivent. Que va-t-on faire aujourd'hui Leo ? »

Il fait si chaud en cette journée de printemps et il y a beaucoup à faire dans le potager.

Il y a une surprise pour les enfants dans le jardin. Des balançoires ! « Plus haut ! Plus haut ! » disent-ils à Mamie et Papi.

C'est vraiment chouette d'aider à désherber le jardin, et ça aidera les légumes à mieux pousser.

« On a froid et faim ! »
Heureusement, Mamie a fait une délicieuse soupe. Mmmh !

« Demain c'est Pâques et les cloches reviendront. On est tellement contents ! »

« On entend les cloches !
Vite, allons dans le jardin ! »

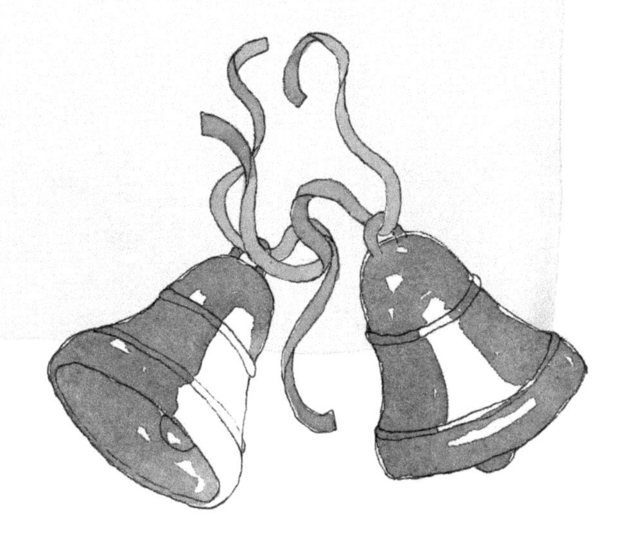

Est-ce qu'il y a une chasse aux œufs ? Il y a peut-être un jeu de piste qui commence près du portail du jardin.

Les enfants et Leo font un jeu de piste autour du village, pour trouver les oeufs de Pâques.

CLOCHE d'OR
Lait

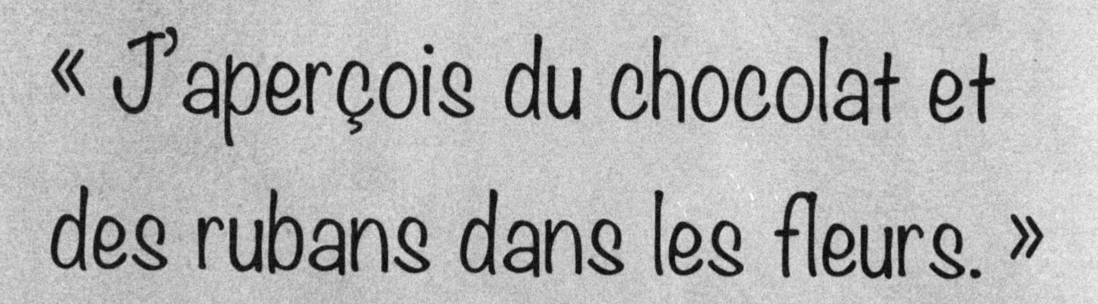
« J'aperçois du chocolat et
des rubans dans les fleurs. »

La chasse aux œufs ramène les enfants à la maison. Ils peuvent maintenant manger du chocolat !

On dirait bien que Léo a
trouvé du chocolat tout seul !

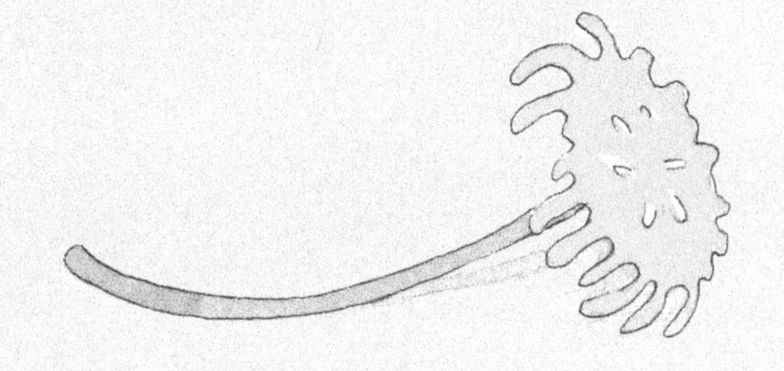

Lindt

« On adore Pâques en
France et en Angleterre ! »

Leo
le ruban
le potager
les poulets (m)
le lapin
les fleurs de printemps
l'épouvantail (m)
la cloche

Leo
the ribbon
the vegetable garden
the chickens
the rabbit
the Spring flowers
the scarecrow
the bell

"We love Easter in France
and in England!"

Lindt

It looks like Leo has found
some chocolate of his own!

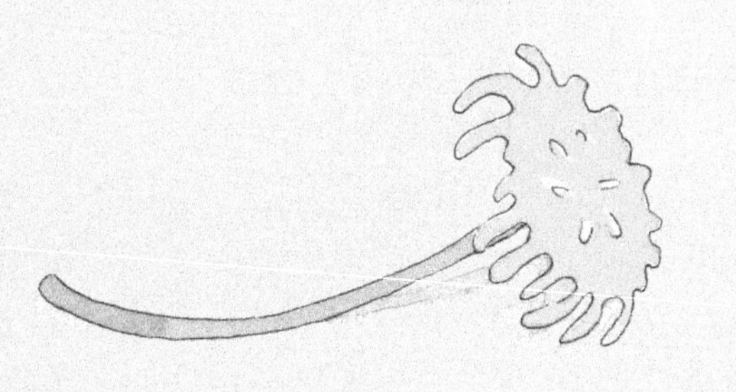

The Easter hunt leads the children all the way back to the house. Now they can eat some chocolate!

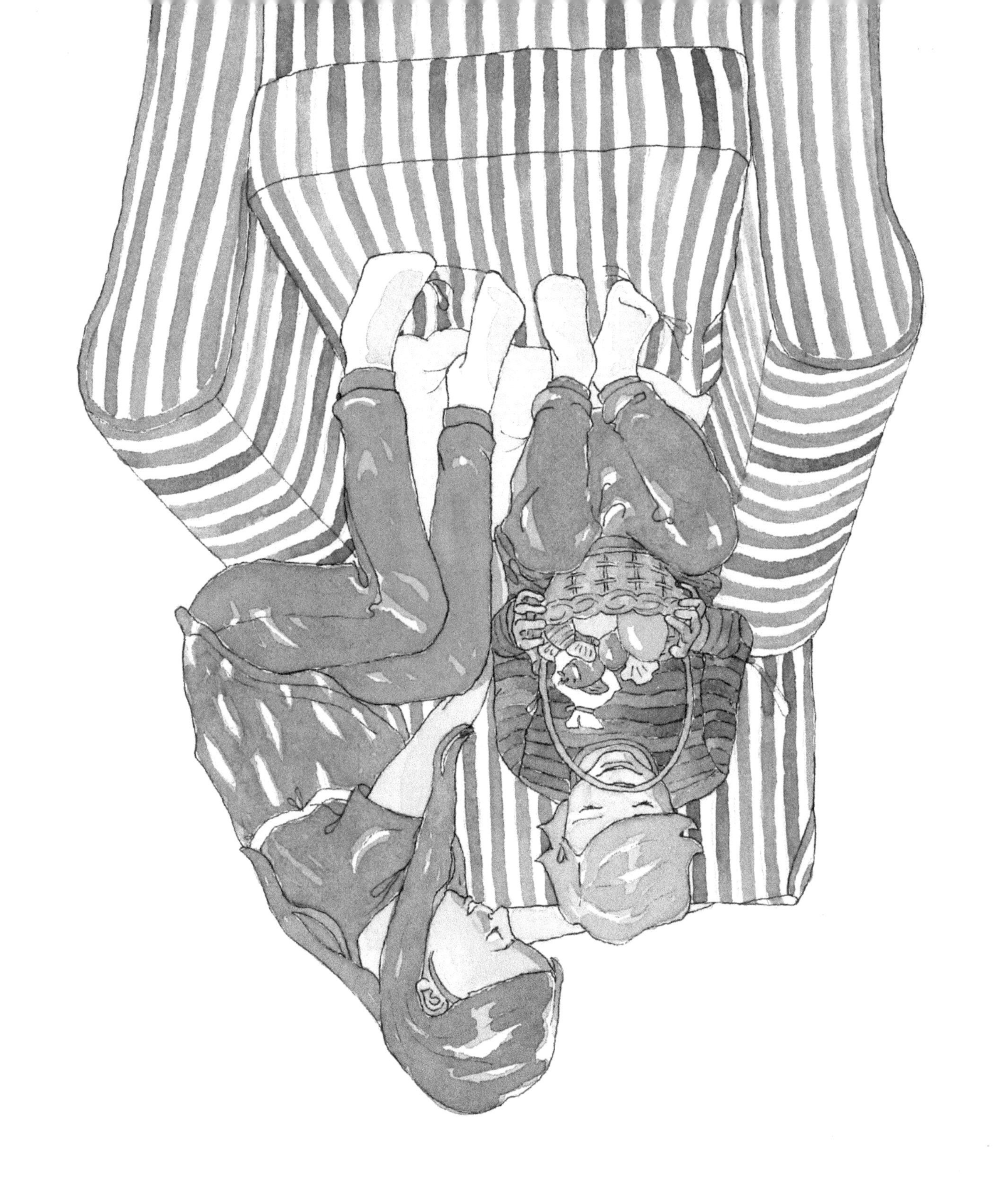

"I can see chocolate and
ribbons in the flowers."

CLOCHE d'OR
Lait

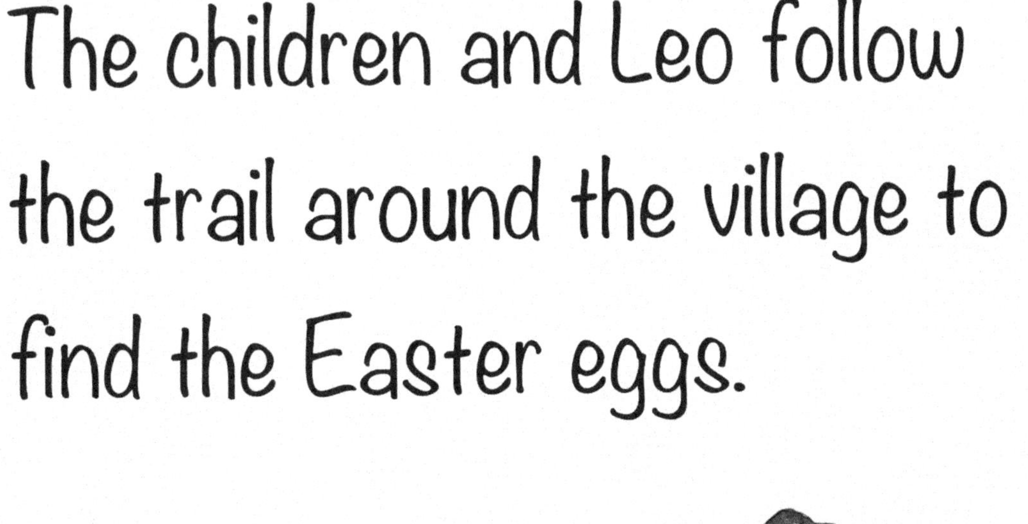

The children and Leo follow
the trail around the village to
find the Easter eggs.

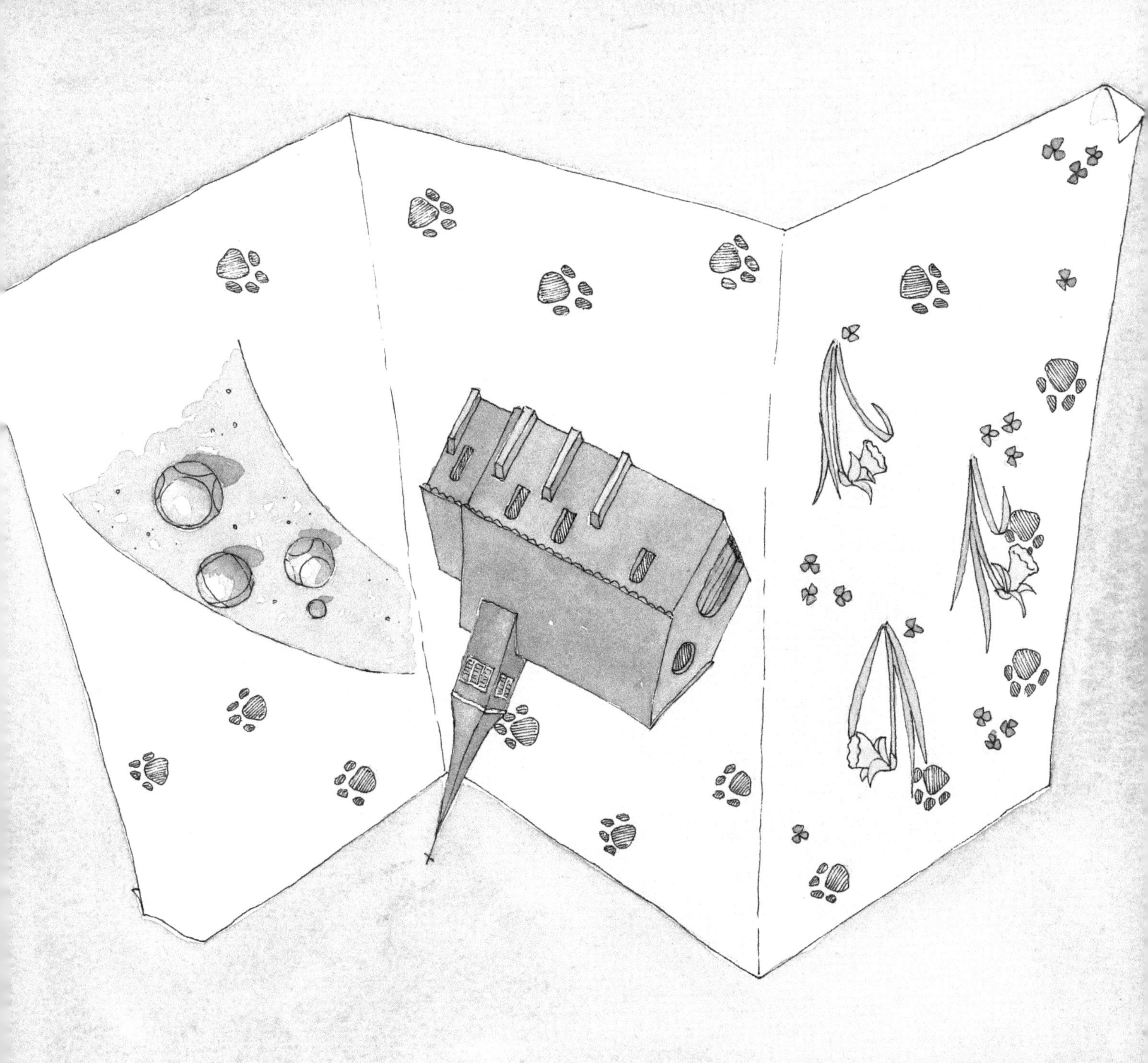

Is there an Easter egg hunt?
Perhaps there is a trail
starting by the garden gate?

"We can hear the bells!
Quick! Let's run into the
garden!"

"Tomorrow is Easter Day
and the bells will fly back.
We are so excited!"

"We are cold and hungry!"
Luckily Granny has made
some delicious soup.
Yummy!

Helping to weed the garden
is great fun and it will help
the vegetables to grow
more easily.

There's a surprise for the children in the garden. Swings! "Higher! Higher!" they call to Granny and Grandad.

It's such a warm spring day
and there is plenty to do in
the vegetable garden.

"We have a long wait before they arrive. What shall we do today Leo?"

Sometimes there are flying Easter bells that deliver chocolate. The church bells are quiet now, but will ring when they return!

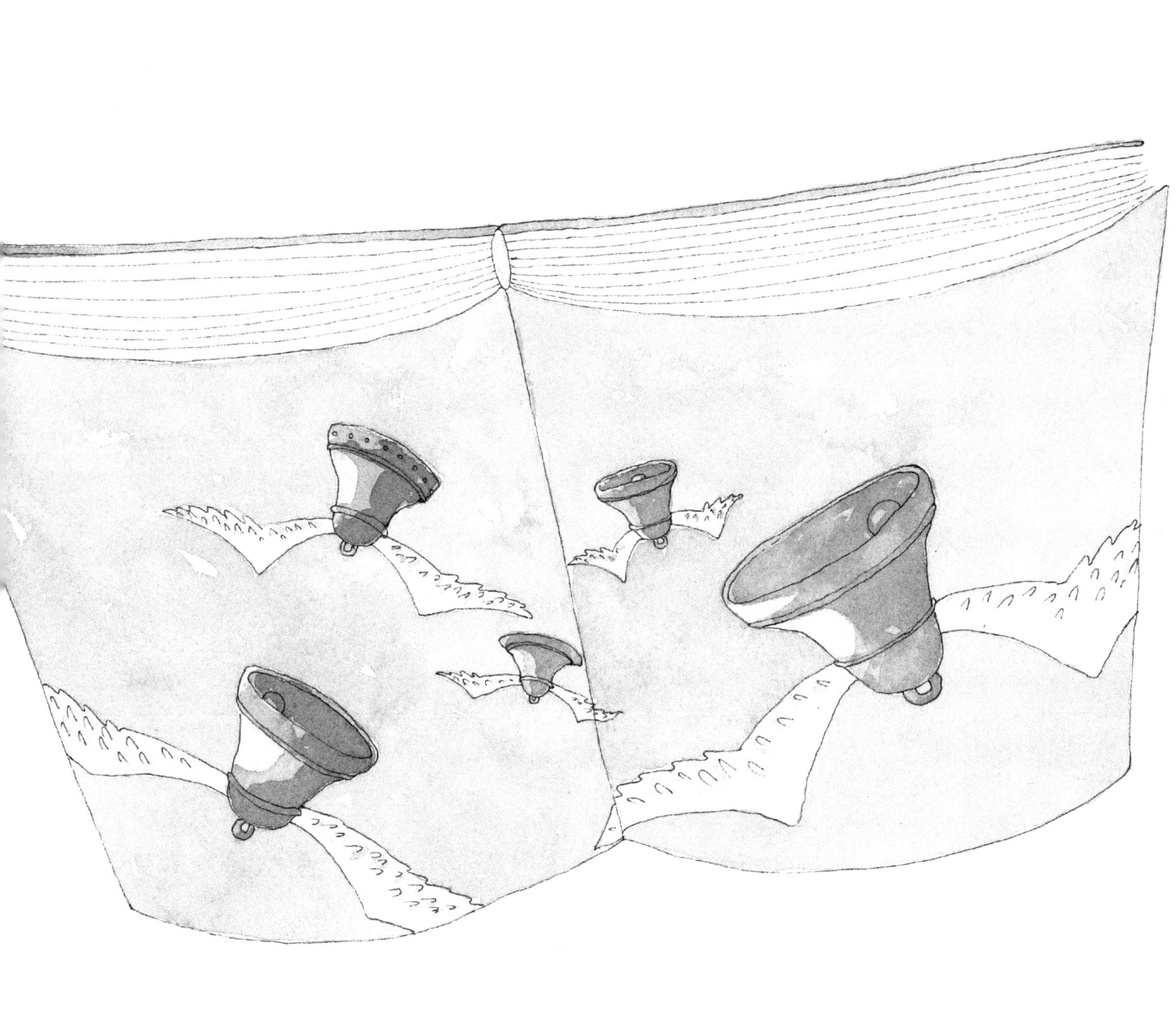

"We can't wait for the Easter Bunny to arrive so that we can have an Easter egg hunt..... but is there an Easter Bunny in France?"

"Look Leo! It's Grandad and Granny's house in France!"

Spring

Mandie Davis

Marigold Plunkett

Also available from Les Puces

Visit the shop on our website at www.lespuces.co.uk

Mandie Davis

'Thank you to Papi Bob and Didi for always welcoming us
into their Burgundy home and inspiring this story.'

illustrated by

Reprinted (Version 2) January 2019
First published by Les Puces Ltd in 2016
ISBN 978-0-9931569-9-1

www.lespuces.co.uk

Lightning Source UK Ltd.
Milton Keynes UK
UKHW052111020219
336597UK00006B/121/P